Charlotte Armao

~ Die Rosen von Istanbul ~

Charlotte Armao

Die Rosen von Istanbul

Familiendrama

Bibliografische Information der Deutschen Nationalbibliothek:
Die Deutsche Nationalbibliothek verzeichnet diese Publikation
in der Deutschen Nationalbibliografie; detaillierte
bibliografische Daten sind im Internet über http://dnb.dnb.de
abrufbar.

© 2021 Charlotte Armao

Lektorat und Korrektorat: Ronny Rindler
Cover: Niklas-Phillip Gertl

Herstellung und Verlag: BoD – Books on Demand,

Norderstedt

ISBN: 978-3-7543-4568-9

Charlotte Armao wurde am 22.10.1969 in Graz, Österreich geboren. Nach dem Besuch einer Kunstgewerbeschule, studierte sie Slawistik und war einige Jahre lang Deutschlektorin in der Ukraine. Mehrere Reisen führten sie nach Lateinamerika, Osteuropa und in die USA. Mit ihrem Mann verbringt sie viel Zeit in der Türkei. Charlotte Armao arbeitet als Sprachlehrerin, Kreativtrainerin, Malerin und Autorin in Wien.

Danksagung

Ein inniges Dankeschön an meinen Mann Guilliano für all die inspirierenden Insidertipps über die Türkei und Istanbul, die man einfach nur dann weiß, wenn man von dort stammt. Während er meinen Weg als Autorin und Künstlerin mit viel Geduld begleitet, versorgt er mich dabei immer sehr liebevoll mit tollen türkischen Speisen, aus der Lokanta Armao.

Prolog

„Bitte tu's nicht!"

„Wirst du es auch nicht wieder machen?"

„Nie wieder, Vater, nie wieder." Der kleine Junge wimmerte kläglich.

„Schau hinunter, wenn du wieder klaust, werde ich dich loslassen."

„Ich werde nie mehr klauen."

„Sicher nicht? Hinunterschauen, habe ich gesagt!"

„Ich habe aber solche Angst."

Unerbittlich drückte die linke Pranke des Mannes den Kopf des Jungen nach unten, während die rechte ihn an den Hosenträgern und am Hemdkragen hielt. So pendelte der Kleine zwischen Himmel und Erde über dem Balkongeländer. Die Nähte seiner alten Hosenträger krachten gefährlich. Fünf Stockwerke weiter unten lag der Hinterhof des alten Hauses.

„Was siehst du?", fragte der Mann.

„Den Betonboden", wimmerte der Junge.

„Das ist alles?"

„Ja, ja!"

„Du lügst, du hast die Augen zu. Mach sie auf. Was siehst du?"

„Die Katzen auf dem Ziegelhaufen. Die Tauben. Die Müllsäcke."

„Es geht sehr tief hinunter, nicht wahr?"

„Ja sehr tief", das Herz des Jungen klopfte wild. Er versuchte sich vorzustellen, er hätte auf einmal

Flügel. Wenn er sich es nur ganz intensiv wünschte, würde er vielleicht fliegen können!

„Mein halbes Leben bin ich über dem Abgrund gehangen. Jeden Abend auf dem Zirkusseil. Ich habe gelernt mich nicht zu fürchten, denn das wäre mein Tod gewesen."

„Lass mich nicht los, Papa!", weinte der Junge.

„Hast du Angst vor dem Tod? Diebe verdienen es zu sterben."

„Ich will aber nicht sterben!"

„Trotzdem hast du mir Geld geklaut, um Süßigkeiten zu kaufen? Du weißt, dass wir arm sind."

„Es tut mir wirklich so leid!"

In dem Moment erschien eine Frau in der Balkontür. „Der Maurer war gerade da, er braucht Arbeiter", ihre Stimme klang flehentlich.

„So, da hat dieser Dieb nochmal Glück gehabt. Das nächste Mal lasse ich den Nichtsnutz fallen ", knurrte der Mann.

Er hievte den unterernährten Kleinen mit seiner Riesenpranke zurück auf den Balkon und stellte ihn vor seiner Mutter wie einen Gegenstand ab. Auf die Tränen und den mit Angst und Hass erfüllten Kinderblick achtete er nicht. „Dass du mir nach der Arbeit ja das ganze Geld heimbringst. Sei dir sicher, dass ich auf jede Schwindelei draufkommen werde!"

Die Frau nahm den Jungen sanft an der Hand. Während sie mit ihm die fünf Stockwerke des

Hauses hinunterstieg, murmelte sie halblaut: „Keine Sorge mein Junge, solange ich da bin, wird er dir nichts tun. Das verspreche ich dir!" Dann steckte sie ihm noch ein Stück Brot zu. „So jetzt, beeil dich, der Maurer wartet schon unten an der Straßenecke auf dich!"

1.

Shelley sah ihren Schwager Timur wütend an. Er wich ihrem Blick aus und drehte geübt eine Zigarette, die er sich von seinem Bruder Benjamin anzünden ließ. Dann nahm er einen tiefen Zug und blies einen perfekten Rauchkringel in die Luft. Shelley begann zu husten. „Bitte Timur, tu mir den Gefallen und geh' endlich auf den Balkon rauchen. Ich habe Husten."
„Aber du weißt doch, dass ich Höhenangst habe und bei euch im 21. Stock kriege ich sicher eine Panikattacke!
„Shelley stört der Rauch heute besonders, weil sie heute schon einen heftigen Asthmaanfall gehabt hat", sagte Benjamin besänftigend. „Nein, es stört mich grundsätzlich", sagte Shelley und hustete wieder demonstrativ. Provokant blies Timur einen weiteren Rauchkringel in ihre Richtung: „Du militante Nichtraucherin, Benjamin hast du ja auch schon missioniert!"
„Ich bin echt froh, dass ich kein Kettenraucher mehr bin. Shelley hat mir endlich geholfen vom Nikotin loszukommen", sagte Benjamin.
„Mann, du bist ja schon ein richtiger Pantoffelheld geworden."
Entrüstet pfauchte Shelley Timur an: „Jetzt reicht's aber!"
„Leute, lassen wir doch das Streiten", bat Benjamin.
„Wir wollen doch jetzt noch unsere Reise besprechen.

Wie schaut's bei dir aus Bruder, in einer Woche sind wir in Istanbul."

„Daraus wird leider nichts, ich hab' gerade einen neuen Job", ließ Timur die Bombe platzen.

„Das sagst so nebenbei? Das ist doch nicht wahr!", Benjamin starrte seinen Zwillingsbruder fassungslos an. „Es war abgemacht!"

„Sorry, ich weiß es selber erst seit gestern hundertpro."

„Was soll das wieder für ein Job sein?"

„Baustelle. Nächste Woche fange ich an."

„Also wie üblich als Schwarzarbeiter. Verschieb das, du kommst auf jeden Fall mit. Ich kann doch das Ticket nicht mehr zurückgeben."

Shelley wunderte sich ja schon lange darüber, dass Timur nach fünfzehn Jahren noch immer als U-Boot in Australien lebte. Er hatte noch nie einen legalen Job gehabt. Bisher hatte sie sich zurückgehalten. Aber das hier brachte das Fass zum Überlaufen!

„Es macht dir wohl Spaß uns zu verarschen", zischte sie Timur wütend an.

„Wenn du deinen Arbeitsbeginn um ein paar Wochen verschiebst, kann ich dir auch Geld leihen", drängte Benjamin seinen Bruder.

„Es geht aber nicht", Tim schüttelte den Kopf.

„Deine Eltern werden also sterben, ohne dich je wiederzusehen. Mir würde es dabei das Herz brechen!"

„Liebe Schwägerin, Gott segne dein mitfühlendes Herz, ich wusste bis jetzt gar nicht, dass du eines hast!"

Shelley verdrehte die Augen. Wenn es nach ihr ginge, hätte sie sich diesen Schmarotzer, der ihren Mann ausnützte, wo er nur konnte, längst vom Hals geschafft.

Dabei hatte es tatsächlich mal eine Zeit gegeben, als sie den Timur attraktiver als den braven Benjamin gefunden hatte, aber das war schon sehr lange her.

Damals hatte er sie mit seinem verwegenen Charme und der geheimnisvollen, dunklen Aura, die ihn umgab, ziemlich beeindruckt.

Benjamin hatte auch viele Streitereien mit Timur, aber doch gab er am Ende immer nach. Unzerreißbar war die Verbindung zwischen den beiden so ungleichen Zwillingsbrüdern.

„Timur, ich beschwöre dich: Wir müssen endlich unsere Familienangelegenheiten ins Reine bringen, es geht ja auch um finanzielle Dinge, die besprochen werden müssen."

„Das kannst du auch alleine machen. Was ist eigentlich mit Ebru?" Timur sah seinen Bruder lauernd an.

„Unsere Schwester wird extra fliegen, leider bekommt sie keinen Urlaub."

„So ein Blödsinn, wenn Ebru wirklich wollte, hätte sie sich doch locker frei nehmen können", Timur verzog den Mund.

„Willst du ihr das wirklich antun, Bruder?"

„Ihr werdet ja eine coole Wohnung erben, wenn eure Eltern tot sind, da könnt ihr beim Verkauf viel Geld bekommen", meldete sich Shelley wieder.

„Aber jetzt leben sie ja noch." Benjamin sah Shelley verletzt an.

Timur hetzte sofort los: „Siehst du nicht, wie geldgierig deine Frau ist?"

Kurz überlegte Shelley, ob sie ihm das Nudelholz, das vor ihr am Tisch lag, an den Kopf werfen sollte. Aber sie konnte sich gerade noch zurückhalten.

„Sorry Benjamin, ich meine nur, dass Timur auch einmal praktisch denkt, wenn er schon keine familiären Gefühle hegt", sagte sie.

„Praktisch nennst du es, eine uralte Wohnung in Istanbul zu erben?" Tim lachte freudlos. „Beim Verkauf kriegst du nicht mehr als ein paar Mäuse, und musst dich mit der Baumafia herumschlagen."

„Bei kriminellen Geschäften kennst du dich ja angeblich aus", ätzte Shelley.

„Jedem das Seine, nicht jeder hat das Glück in einer wohlhabenden Familie aufgewachsen zu sein, so wie du."

„Timur, denk doch auch an die leckere Küche, die du so liebst", startete Benjamin einen letzten Versuch. „Das ist doch was anderes, als die Känguruhkebabs von Melbourne."

„Mit Essen kannst du mich nicht mehr ködern. Ich habe ein Magengeschwür, Leberprobleme und vermutlich Diabetes."

Kein Wunder bei deiner Lebensweise, dachte Shelley. Timur hatte zwar immer noch ein attraktives Gesicht und pechschwarze Haare, genau wie Benjamin. Aber mit seinen 30 Jahren zitterten bereits Tränensäcke unter seinen grünen Augen, die Tattoos an den Oberarmen hingen schlaff herab.

Die Zwillinge sah man ihnen schon lange nicht mehr an. Benjamin war wie ein klarer See, aber Timur wie ein brodelnder Vulkan darunter, eine ständige Bedrohung.

„Du brichst also dein Versprechen? Ist das wirklich dein letztes Wort, Timur?"

„Absolut, Benjamin." Herausfordernd sah Timur seinen Zwillingsbruder an.

Ich war wohl betrunken, als ich dieser Reise bei unserer Geburtstagsparty zugestimmt habe."

Shelley riss nun endgültig der Geduldsfaden. „Für mich ist das keine Entschuldigung. Ich hoffe, du tötest nicht mal versehentlich jemanden und sagst dann: Oh, tut mir leid, ich wollte das gar nicht, ich war wohl betrunken."

„Alkoholgenuss gilt bei Gericht als Milderungsgrund. Darauf kriegt man nur Totschlag, nicht Mord." Timur grinste böse.

„Du bist ja bestens über die Gesetze informiert!"

„Vielleicht hab' ich ja schon mal wen getötet, Shelley. Dann würdest du jetzt mit einem Mörder reden. Ist der Gedanke nicht erschreckend für dich?"

„Du Mistkerl, weißt du eigentlich, wie teuer das Ticket war? Wir haben das Geld auch nicht zum Säue füttern." Shelley blickte wieder auf das klobige Nudelholz.

„Als Sau beschimpfst du mich? Danke, ganz reizend." Timur warf seine Zigarette in den Kaffeebecher, sodass es zischte.

Shelley ergriff nun wirklich das Nudelholz. „Geh bitte, bevor ich mich vergesse!"

„Liebste Schwägerin, bevor du gewalttätig wirst, befreie ich dich von meiner Gegenwart. Du sollst nicht meinetwegen im Gefängnis landen. Was würde dann bloß aus meinem Bruder? Vermutlich wieder ein schwerer Kettenraucher."

Benjamin, der die ganze Zeit unruhig zwischen den beiden Kampfhähnen hin- und her geblickt hatte, brachte Timur zur Türe, während er besänftigend auf ihn einredete. „Sie hat es nicht so gemeint" und „ich verstehe dich ja" und „bitte überleg' es dir doch nochmal", vernahm Shelley und hätte in diesem Moment am liebsten auf ihren Mann gekotzt.

„Sonst bist du doch auch nicht so ein Weichei, ich kenne dich nur als knallharten Geschäftsmann, aber bei ihm knickst du ein", fuhr sie Benjamin an, nachdem Timur endlich fort war.

„Uns verbindet so Vieles, du kannst das nicht verstehen, wir sind Zwillingsbrüder, es ist fast so, als wären wir eine Person. Ich kann es einfach nicht ertragen, wenn es Timur schlecht geht."

Wie oft hatte Shelley diese Worte schon gehört. Es waren immer die gleichen Phrasen, die jede vernünftige Diskussion blockierten. War diese typisch innige Verbindung von Zwillingen, wirklich der einzige Grund für Benjamins Schwäche, fragte sie sich nicht zum ersten Mal.

„Benjamin, du sollst nicht so gutmütig sein. Es ist einfach nur unverschämt, die Reise im allerletzten Moment abzusagen. Du musst endlich eine Grenze ziehen!"

„Ich sage dir den Grund, warum Timur in Wirklichkeit nicht mitkommen will. Du weißt ja, Vater hat ihn mal zur Strafe über den Balkon gehängt und drohte ihn loszulassen. Deshalb kneift er jetzt auch bei dem Flug, er denkt, er kriegt dann eine Panikattacke."

„Mäh, mäh, Timur das ewige Opferlamm, das erklärt alles. Du bist wirklich nicht zu retten mit deinen an den Haaren herbei gezogenen Erklärungen. Warum sollte er deshalb vor dem Fliegen Angst haben. Da geht's doch eher um euren Vater, den er anscheinend fürchtet, wie ein Ungeheuer", unterbrach ihn Shelley resigniert und verließ mit diesen Worten den Raum.

An diesem Abend befragte sie das Tarot, die symbolischen Bildkarten, die ihr immer halfen, wenn sie in einer vertrackten Situation nicht weiterwusste.

Was ist nur wieder mit Timur los, heute war er besonders ekelhaft, lautete ihre Frage, die sie übrigens nicht zum ersten Mal stellte.

Sie zog drei Karten und legte sie nebeneinander auf.

Die erste Karte *Drei der Schwerter* verhieß Verlust durch Verrat und Herzschmerz. Die zweite Karte *der Turm*, zeigte einen Blitz, der in eine Turmspitze einschlug, wodurch eine Person hinabstürzte. Das deutete auf eine plötzliche und erzwungene Transformation von außen. Die Karte *Rad des Schicksals* besagte, dass man den Lauf der Dinge sowieso nicht ändern konnte.

Shelley hatte das Gefühl, dass sie etwas Wesentliches übersah. Jede Karte für sich hatte eine klare Bedeutung, aber sie konnte keine Verbindung zur jetzigen Situation erkennen. Irgendwann in Timurs Leben musste es ein traumatisches Erlebnis gegeben haben, dass ihn völlig aus der Bahn geworfen hatte. Das konnte aber nicht nur die Fluchtgeschichte von Istanbul nach Australien gewesen sein, denn Benjamin und Ebru hatten sich ein tolles Leben hier aufgebaut und Karriere gemacht. Etwas verschwiegen ihr alle drei Geschwister, oder täuschte sie sich da?

2.

Die letzte Hoffnung einen Ersatz für Timur zu bekommen, war Shelleys Mutter und überraschenderweise sagte diese der Reise sofort begeistert zu. Benjamin und Shelley atmeten auf. Doch dann, zwei Tage vor dem Abflug rief die Mutter an und sagte zerknirscht: „Shelley, Schätzchen, es tut mir so leid, ich war gestern bei einer Routineuntersuchung. Mein Arzt hat gesagt, ich darf wegen meinen Thrombosen keinesfalls fliegen! Ich könnte womöglich im Flugzeug sterben."

Shelley war stocksauer, als Benjamin nichts Besseres einfiel, als nochmal Timur anzurufen, aber eine andere Idee hatte sie auch nicht. Timur verstand erst gar nicht, worum Benjamin ihn bat, so betrunken war er.

„Hä, wovon sprichsu Bruda?"

„Ob du übermorgen doch mit nach Istanbul fliegst."

„Ich bin noch nie geflogn, ich hab' Höhenangst. Du weissja, wegen diesa Balkonjeschichte daaamals."

„Es gibt Tabletten gegen Flugangst."

Shelley flehte stumm neben dem Handy - „Geld ist nicht alles", formten ihre Lippen lautlos.

„Verdammt Benji, du has' mich wegen dem Scheiß geweckt." Damit hatte Timur abgebrochen.

„Was für ein Teufel hat dich jetzt wieder geritten? Ich dachte, es wäre klar, dass er nicht mehr in Frage kommt", fauchte Shelley Benjamin an.

„Eine Aussöhnung mit den Eltern kann Timurs ganzes Leben ändern. Was soll denn aus ihm werden? Es geht doch nur mehr bergab mit ihm", konterte Benjamin ungewohnt heftig.

Shelley betete um ein Wunder. Vielleicht könnten sie ja online noch schnell das Ticket verkaufen?

Doch plötzlich erhielt Benjamin ein SMS: *Leute, ich flieg doch mit - Timur.*

„Ha, siehst du, ich kenne doch meinen Zwillingsbruder", triumphierte Benjamin, nahm Shelleys Gesicht zwischen seine Hände und küsste sie auf beide Backen. „Irgendwie habe ich es geahnt, dass er doch mit dabei sein wird."

Ihre Begeisterung hielt sich sehr in Grenzen: „Ich hoffe, er verschläft den Flug", sagte sie kühl.

Tatsächlich verspätete sich Timur zum Abflug, aber nur um die halbe Stunde, die Benjamin schon mit einkalkuliert hatte. Er sah unausgeschlafen aus, trug ausgebeulte Jeans, ein verblichenes T-Shirt und einen Stoffrucksack.

Shelley wunderte sich: „Wir bleiben doch einen ganzen Monat!"

„Ein Shirt, eine Hose, weiter brauch' ich nichts", erklärte Timur einsilbig.

Benjamin gab ihm vorher noch zwei Tabletten gegen Flugangst und eine Schlaftablette.

„Damit wirst du herrlich schlafen, und erst wieder bei der Landung aufwachen", scherzte er. Die Medikamente wirkten: Timur klammerte sich zwar während des gesamten Starts wie ein Kleinkind an Benjamins Hand, aber als er merkte, dass sie friedlich über den Wolken dahinglitten, beruhigte er sich und döste für eine ganze Weile weg. Während Benjamin Musik hörte, schmökerte Shelley im Reiseführer und stellte Touren für sich zusammen. Sie plante nämlich, sich sobald als möglich abzuseilen um alleine etwas zu unternehmen. Bei den Familientreffen, wollte sie so wenig wie möglich dabei sein, sie fand nämlich, dass die Zwillinge ihre höchst problematische Elternbeziehung allein lösen sollten.

Dann wurde das Mittagessen serviert. Timur wachte in bester Laune auf und verschlang mit Appetit das leckere Essen.

„Imam Bayildi"- *der Imam lächelt*, mit Faschiertem gefüllte Melanzani in Tomatensoße, das ist mein Lieblingsessen", lächelte er die mandeläugige Stewardess an, und erhielt tatsächlich noch zweimal einen Zuschlag. Als sie auf Nachfrage auch Raki servierte, wurde Timur redselig.

„Da schau sich einer an, was sich mein Zwilling zum Geburtstag für mich ausgedacht hat!" Er leerte sein Glas mit einem Zug und bestellte nochmal eine Runde für alle.

„Ich mag jetzt keinen Alkohol", sagte Benjamin.

„Oh, mein Bruder mag nicht, na sowas. Weil ich ihn nicht gefragt habe! Wer hat eigentlich das Flugticket gekauft, ohne mich zu fragen?"

„Du selber wolltest es und hast es vergessen", konterte Benjamin.

„Vielleicht hast du ja recht, Prost - *Sherefe!*"

Timur hob sein Glas, trank und zwinkerte Benjamin verschwörerisch zu.

„Ich bin ziemlich crazy oder? Aber du bist der nette Bruder und willst mir einen Gefallen tun: Versöhnung mit den Eltern, erben, redlich teilen. Ein Drittel für dich, ein Drittel für mich. Ein Drittel für Ebru – Madame, noch ein Raki!"

Shelley warf der Stewardess einen verstohlenen Blick zu. Aber die nahm die Bestellung ungerührt entgegen.

„Warum habt ihr euren Besuch zu Hause nicht angekündigt?", fragte Shelley. „Werdet ihr das jetzt endlich in Istanbul tun?"

„Schauen wir mal", sagte Benjamin einsilbig.

Da begann Timur zu lamentieren: „Ich weiß wirklich nicht, warum ich mir den Besuch antue! Ich wurde als Kind auf die Straße geschickt, unsere Schwester war mit vier in einer Teppichweberei. Nur Benji, der hat es gut getroffen, denn er durfte immer Körbe mit Einkäufen füllen, welche die alten Leute von den Balkonen runterließen - ein leicht verdientes Geld. Außerdem war er sogar in der Schule, weil er ja so intelligent war."

Shelley kannte auch den nächsten Teil der Story schon auswendig: „Ich kann mich nicht daran erinnern, dass unser Baba nur einmal Geld nachhause gebracht hat. Er war ein Säufer und wegen der paar kitschigen Rosen, die er mal gemalt hat, nannte er sich gleich einen Künstler. Einfach nur lachhaft!

Plötzlich krümmte sich Timur und es sah aus, als wollte er sich gleich übergeben:

„In meiner Bauchgegend zieht sich's so zusammen, kaum, dass ich an den Alten nur denke."

„Wahrscheinlich die beginnende Leberzirrhose", sagte Shelley böse.

„Red' doch nicht solchen Quatsch! Er hat sich bloß an seinem Lieblingsgericht überfressen", sagte Benjamin ärgerlich und besorgt zugleich.

Timurs Gesicht zeigte plötzlich einen Ausdruck, den Shelley an ihm noch nie gesehen hatte. Es war, als hätte ihm jemand die ewig grinsende Clownsmaske abgezogen und darunter kam ein klares, trauriges Gesicht zum Vorschein: „Benji, du hättest nur ein Oneway Ticket für mich gebraucht, denn ich bleibe in Istanbul."

„Erst wolltest du nicht mitkommen, und jetzt willst du dortbleiben, das hat doch keine Logik."

„Doch, du wirst schon sehen". Timur zwinkerte ihm wieder zu.

„Du darfst nicht mehr trinken, Timur, das bringt dich noch ins Grab.", sagte Benjamin.

Shelley ging diese Szene nicht mehr aus dem Kopf. Kurz bevor sie einschlief und ihr Kopf auf Benjamins

Schulter sank, sah sie ein merkwürdiges Bild vor sich: Zwei Hände schimmerten aus der Dunkelheit heraus und sie klammerten sich verzweifelt an etwas fest.

3.

Beim Anflug auf Istanbul war das Wetter stürmisch. Wegen eines heftigen Gewitters konnten sie nicht sofort landen. Ein Orkan schleuderte das Flugzeug hin und her. Timur wimmerte vor Panik, aber auch viele Passagiere schrien vor Angst. Die Landung war dann hart und als sie ausstiegen, fuhr ein eiskalter Wind durch ihre Kleider. Das war wohl kein gutes Omen! Erst gegen Abend klärte sich das Wetter und Shelley sah die Sonne wie eine grelle Orange in einem leuchtenden Wolkenmeer hinter den Kuppeln der Moscheen versinken. Der magische Zauber, der über der Stadt lag, berührte sie tief und sie spürte, dass sie in einer fremden Welt angekommen war. Was sie wohl erwartete?

Das Hotel, dass sie gebucht hatten, war alt aber gepflegt und lag im historischen Zentrum, unweit vom Galataturm. Irgendwo in den verwinkelten Gassen der Altstadt befand sich auch das Elternhaus der Zwillinge.

Timur und Benjamin wollten sich aber keinesfalls gleich bei ihren Eltern melden. Sogar Benjamin, der alles organisiert hatte, fand plötzlich tausend Gründe, um das Treffen aufzuschieben. Mit übertriebener Begeisterung stürzten sich die Brüder mit Shelley ins Sightseeing, reihten sich klaglos in die dreistündige

Warteschlange für die Haghia Sofia und der Blauen Moschee, stiegen mit ihr den möwenumschwirrten Galataturm hoch und priesen die atemberaubende Aussicht auf den Bosporus mit seinen Frachtschiffen aus aller Welt. Auf der Galatabrücke beobachteten sie die Fischer, während sie sich mit Streetfood, wie Baklava, Maronis und Sesamkringeln vollstopften. Im Bazar zeigte Benjamin Shelley, wie man Preise herunterhandelt und rettete sie so vor den schlimmsten Touristenfallen.

Shelley fand das Handeln erst peinlich, gewöhnte sich jedoch daran, als sie sah, dass die Händler immer zufrieden waren, auch wenn sie höchstens zwei Drittel des ursprünglichen Preises bekamen. Timurs bissige Kommentare störten sie schon lange nicht mehr. Ihr fiel nur auf, dass er einen schwarzen Kaffee nach dem anderen trank und ununterbrochen rauchte.

Als die Timur und Benjamin aber am vierten Tag noch immer keine Anstalten machten mit den Eltern Kontakt aufzunehmen, sagte Shelley: „Was ist los mit euch? Seid ihr echt solche Feiglinge?"

„Timur braucht noch Zeit", erklärte Benjamin.

„Ich bin jederzeit bereit, mein Haupt auf die Schlachtbank zu legen", feixte Timur.

„Das ist ja lachhaft, Benjamin. Jetzt schiebst du Timur vor, du machst dir ja genauso in die Hosen".

Shelley war ärgerlich. Sie hatte so sehr gehofft, dass ihr zumindest der erste Besuch erspart würde, aber als sie später allein im Hotelzimmer waren, begriff sie, dass ohne sie gar nichts passieren würde. Timur flehte sie inständig an mitzukommen. „Du musst überhaupt nichts tun, aber bitte, sei einfach da für mich!"

So gingen sie alle zusammen am fünften Tag zum Haus der Eltern. Steil wanden sich enge Gässchen zum Galataturm empor. Kinder lungerten an jeder Ecke herum und Halbwüchsige rasten auf Motorrädern die Gassen hinunter. Sogar die gelben Taxis quetschten sich irgendwie durch jedes noch so schmale Gässchen hindurch. Es roch nach frischem Brot, und fauligem Obst. Überall saßen, fraßen, wuselten Katzen und Hunde in jeder Größe und Farbe herum. Benjamin, der zur Feier des Tages einen auffällig eleganten Anzug trug, quittierte all dies mit einem gequälten Lächeln. Hingegen verschmolz Timur in seinen verwaschenen Klamotten völlig mit der Umgebung, als hätte er nie woanders gewohnt, als in diesem Teil von Istanbul.

Irgendwann, Shelley hatte schon völlig die Orientierung verloren, zeigte Timur auf ein altes, hohes Haus. Am Eingang maunzte ein räudiger Kater mit grünen Augen und rieb sich an der Mauer.

Als sie in die Vorhalle traten, schraken Tauben in einer Wolke von Dreck und Federn vom Boden hoch. Sie flatterten auf die Simse der bröckligen Wand und äugten hinunter. Wütend sprang der Kater hoch, aber zu den Simsen gelangte er nicht. So verdrückte er sich zu der Mülltonne im Hinterhof, wo mindestens zehn Katzen auf prall gefüllten Plastiksäcken hockten.

Ein intensiver Geruch von Erbrochenem in Shelleys Nase. „Ich glaube, ich muss kotzen!" Sie stürzte hinaus auf die Straße und atmete tief durch.

„Willst du unten warten, wir gehen mal alleine hoch", schlug Benjamin ihr matt vor.

„Nein, nein, es geht gleich wieder", erklärte Shelley während sie hochsah, und versuchte die Stockwerke des hohen Hauses zu zählen.

„Gibt's da eigentlich auch einen Lift?"

In dem Moment trat eine Frau auf einen der oberen Balkone und rief ihnen etwas zu.

Benjamin nickte eilfertig und antwortete etwas. Da ließ die Frau einen Korb an einem Seil hinunter. Darin lagen ein paar Lira und Benjamin sagte: „Bin gleich da, ich gehe nur schnell für Elife Brot kaufen."

„Sie hat uns nicht erkannt, oder?", murmelte Timur.

„Na wie denn auch, nach so vielen Jahren. Aber ich hab' sofort gesehen, dass sie es ist. Sie macht's noch immer wie früher und fragt einfach irgendwen. So kann man hier Taschengeld verdienen", grinste Benjamin seine Frau an. „Wie du siehst, ist hier die Zeit ein bisschen stehen geblieben."

Er kaufte in dem kleinen Laden nebenan einen Brotlaib und legte ihn in den Korb. Dann schrieb er etwas auf einen Zettel, den er unter das Brot legte. Die Frau zog den Korb hinauf, nahm den Zettel und schüttelte den Kopf. „Ich kann leider nicht lesen. Wer sind Sie denn?", rief sie hinunter.

„Benjamin und Timur, die Söhne der Livanelis! Erkennen Sie uns nicht mehr, Elife?"

„*Marschallah*, Benjamin, Timur, die Australier!",
schrie Elife und schlug die Hände über dem Kopf
zusammen.

„Elife, vergiss den Korb nicht hochzuziehen, sonst
klau ich das Restgeld!", rief Benjamin übermütig. Das
klang in Shelleys Ohren so lausbübisch, wie er es als
kleiner Junge gesagt haben mochte. Sie stiegen nun
die Treppe hoch und Shelley war es, als ob der
Schimmelgeruch im Stiegenhaus zusammen mit dem
Gestank nach Erbrochenen direkt unter ihre Haut
kroch. Im zweiten und dritten Stock öffneten sich
kurz Türspalte. Ein Haus mit vielen Augen und
Ohren, dachte sie.

Als sie außer Atem im fünften Stockwerk ankamen,
stand da die Frau, die sie auf dem Balkon gesehen
hatten und legte den Zeigefinger auf den Mund. Ihr
müsst leise sein, die Eltern schlafen noch," erklärte
Benjamin Shelley. Er konnte wohl nie die Gewohnheit
ablegen, ihr alles zu übersetzen, obwohl sie
inzwischen ziemlich gut Türkisch beherrschte.
Benjamin stand - leichenblass wie Frankenstein - an
der Eingangstür und Timur wirkte wie ein Wolf vor
der Flucht: Ohren zurückgelegt, Fell gesträubt,
Schwanz eingeklemmt. Da musste sie wohl mal
wieder nachhelfen.

So drückte sie Benjamin einen Kuss auf die Wange
und gab ihm gleichzeitig einen Stoß - „Geh jetzt!"
Dann schubste sie Timur - „Los, du auch!"

Als Shelley hinter den Brüdern in die Wohnung trat, rang sie erstmal nach Atem. Die Luft war unerträglich stickig.

Elife brachte drei Paar zerschlissene Hauspantoffel und verschwand dann. Shelley hatte das Gefühl in ein morbides Totenreich eingedrungen zu sein.

4.

Sie saßen im Wohnzimmer auf einem zerschlissenen Sofa. Benjamins Hände waren zu Fäusten geballt und seine Kinnbacken mahlten. Timur schaffte es nur mit Mühe, aus seiner Jeans den Tabak hervorzuziehen, so sehr zitterten seine knochigen Hände. Shelley zog enttäuscht die Augenbrauen hoch, als Benjamin auch plötzlich eine Zigarette wollte. Sie war so stolz auf ihn gewesen, dass er seit einem Jahr nicht mehr geraucht hatte.

Elife kam aus der Küche mit Teegläsern und einem Teller Gebäck zurück. Der schwarze Tee schmeckte etwas zu bitter, doch tat das heiße Gebräu Shelleys Magennerven richtig gut. Von irgendwoher ertönte ein nicht enden wollendes Hüsteln.

„So, langsam werden die zwei jetzt aufwachen", meinte Elife. „Die werden einen ordentlichen Schock bekommen. Es ist nicht gut, dass ihr eure Eltern ohne Ankündigung besucht. Darf ich euch übrigens bitten, immer draußen zu rauchen, Mirza Bey leidet unter Asthma!"

Mürrisch drückte Timur seine Zigarette daraufhin aus, doch Benjamin, der sich nicht vor der Höhe fürchtete, trat auf den Balkon. Elife nickte zufrieden und ging dann, um den Eltern beim Aufstehen zu helfen.

Bald schlurfte nun ein Greis in einem zerknitterten Pyjama ins Wohnzimmer. Er stützte sich schwer auf Elife. Seine Haut war fahl, farblose Augen blickten aus eingesunkenen Augenhöhlen. Spärliche Haare klebten ihm auf der fleckigen Stirn. Obwohl Shelley viel von Mirza Bey gehört hatte, hatte sie noch nie ein Foto von ihm gesehen. Derart kränklich hatte sie sich ihn nicht vorgestellt.

„Vater!" Wie zwei Marionetten sprangen Tim und Benjamin auf.

Der Greis krächzte etwas Unverständliches und breitete die Arme weit aus. Auf seinem Gesicht zeigte sich jedoch nur Verwirrung.

Elife sagte: „Er ist nach dem Schlaf oft durcheinander. Ich habe ihm zwar gesagt, dass ihr da seid, aber da er schlecht hört, hat er's wohl nicht verstanden."

Nun trat die Mutter, Leyla Hanim, ein. Sie trug einen Bademantel und ihr silbergraues Haar war zu einem Zopf geflochten. Im Gegensatz zu ihrem Mann war sie hellwach und völlig aufgelöst.

„Benjamin, Timur, meine Söhne", schrie sie und warf sich ihnen schluchzend um den Hals. Sie umklammerte erst beide, dann schlug sie mit der Faust auf sie ein. Endlich sank sie weinend zu ihren Füßen nieder.

Shelley stand da wie gelähmt und hätte sich am liebsten in Luft aufgelöst. So einen Gefühlsausbruch hatte sie noch nie erlebt. Benjamin zog seine Mutter endlich hoch: „Mutter, hier ist Shelley, meine Frau!"

Nun wurde auch Shelley gedrückt und von Leyla Hanim feucht abgeküsst. Verstohlen wischte sie sich mit dem Ärmel die Wangen ab.

Die beiden Alten bekamen nun von Elife Tee serviert. Sie tauchten Zuckerstücke in die bittere Flüssigkeit, sogen daran und schlürften gierig.

„Es freut mich sehr, Timurs und Benjamins Eltern endlich kennen zu lernen", sagte Shelley. Leyla Hanim lächelte gewinnend. Shelley fand, sie sah mit ihren feinen Gesichtszügen und den ausdrucksvollen Wangenknochen wie eine alte, sehr attraktive Schauspielerin aus. „Sie sehen Ihrer Tochter Ebru unglaublich ähnlich!"

„Und Sie, Shelley, erinnern mich an unsere schöne Scheherzade", sagte Leyla Hanim, die sich allmählich ein wenig beruhigte.

„Scheherzade nannten wir die Märchenerzählerin in unserem Viertel, der wir früher den Geschichten aus 1001 Nacht lauschten", erläuterte Benjamin.

„Ach damals, Kinderchen, als ihr noch so klein wart!" Leyla Hanim brach wieder in Tränen aus. Doch niemand neigte sich zu ihr, um sie zu trösten. Timur und Benjamin saßen da wie zu Salzsäulen erstarrt und glotzten auf das gewachste Tischtuch. Shelley legte Leyla Hanim schließlich ihre Hand vorsichtig auf den Unterarm, doch die Tränen versiegten nicht. Die Mutter blieb in ihrer eigenen, traurigen Welt versunken. Mirza Bey aber wackelte nur mit dem Kopf und sein Blick blieb unstet.

„Er hat sein Hörgerät verlegt", erklärte Elife.
Lähmendes Schweigen breitete sich im Raum aus.
Shelley war sehr froh, als Elife sie alle bat zu gehen.
„Ich glaube, das war für eure Eltern heute ziemlich
viel. Besser ihr kommt morgen Abend wieder, da sind
die beiden dann munter und ich werde ein
Abendessen vorbereiten."

Am Heimweg sagte Benjamin zu seiner Frau: „Mutter
hat dich Scheherzade genannt, das heißt, sie hat dich
in ihr Herz geschlossen!"
„Was für ein schönes Kompliment für mich. Deine
Mutter ist eine starke Frau. Was sie wohl alles
durchgemacht hat!"
„Vor allem hat sie unseren Vater die ganze Zeit
ertragen und kein Mensch weiß warum. Ich finde
meine Mutter einfach nur dumm, wie alle Weiber
ihrer Generation", ätzte Timur.
„Wir sind nicht gekommen, um über unsere Eltern zu
richten, wir wollen uns versöhnen", mahnte
Benjamin. Sie gingen gerade an einer Shishabar
vorbei, als Timur erklärte: „So, ich will mich jetzt mal
von dem Besuch da erholen. Wir sehen uns später!"
Shelley atmete merklich auf, als er in der nach
Apfeltabak riechenden Bar mit den bunten
Glaslampen verschwunden war.
„Komm her meine grantige Scheherzade", sagte
Benjamin zu Shelley, als sie allein waren. Er fasste sie
unterm Kinn und küsste sie auf die Lippen. „Im Hotel
kannst du mir endlich deine Liebeskünste zeigen und

deinen Sultan verführen! Wenn du das schaffst, lasse ich dir den Kopf vielleicht noch nicht abschlagen!"

5.

Später am Abend speisten Shelley, Benjamin und Timur in einem der nostalgischen Restaurants in der Istiklalstraße, einer langen Istanbuler Geschäftspromenade. Es gab erst leckere Vorspeisen und dann kam ein unbeschreiblich köstlich duftender Fisch, namens Levrek. Aber Timur und Benjamin aßen schweigend und mit Desinteresse. Sie beachteten weder die Livemusik, noch die rassige, vollbusige Bauchtänzerin, die jede halbe Stunde eine Tanzeinlage vorführte. Schließlich hielt es Shelley nicht mehr aus - „Wollt ihr nicht darüber sprechen, wie es euch geht? Wie fühlt ihr euch nach dem Treffen?"

„Bist du jetzt unsere Therapeutin? Ok, ich sag dir was ich denke: Vater ist senil und Mutter ein altes Klageweib", sagte Timur.

„Unser Vater hört schlecht! Morgen hat er das Hörgerät, dann können wir mit ihm sicher normal reden."

Timur spuckte abfällig neben den Tisch. „Was interessiert mich schon, was die zwei denken und sagen?"

„Ich habe mir ehrlich gesagt, so ein Drama nicht in meinen schlimmsten Träumen vorgestellt. Diese Elife ist mir übrigens auch unheimlich. Sie sieht aus, wie eine schwarze Krähe, es ist schon schrecklich, dass eure Eltern nur sie haben", meinte Shelley.

„Bei uns ist es nicht üblich in ein Altersheim zu gehen. Ich möchte das Bestmöglichste für sie tun", sagte Benjamin. „Eine Krankenpflegerin und eine andere Putzfrau werde ich suchen. Dann will ich auch den Kontakt zu einem guten Krankenhaus in der Nähe herstellen."

„Spielst du dich jetzt auch noch als barmherziger Samariter auf, hm? Zu viel des Guten! Unser Vater hat uns zu Kindersklaven gemacht und Mutter konnte sich angeblich nicht wehren", giftete Timur.

„Die Zeiten waren damals anders, das weißt du doch genau", sagte Benjamin.

„Oh ja, das erklärt natürlich immer alles. Ich könnte da übrigens noch ein paar Dinge erzählen, die Shelley garantiert noch nie gehört hat, was meinst du, Bruder?"

Benjamin warf Timur einen finsteren Blick zu.

„Ich glaube, ich kann jetzt verstehen, warum Ebru nicht mitkommen wollte", sagte Shelley. „Ihr würdet ihr nur restlos auf die Nerven gehen!"

Sie dachte an Ebru: Wer die schöne, selbstbewusste Frau, die heute Dozentin an einer Uni war, kannte, konnte sich kaum vorstellen, dass sie im Alter von zwölf Jahren als Sklavin von ihrem Vater verkauft worden war. Als es ihr nach einer zweijährigen „Dienstzeit" endlich gelungen war zu fliehen, war sie gemeinsam mit ihren Brüdern per Schiff nach Australien geflohen, um dort erfolgreich ein neues

Leben zu beginnen. Eine Abenteuergeschichte wie in einem Roman, fast unglaublich! Timur bestellte eine Flasche Raki. „Lassen wir die Familiengeheimnisse ruhen, ich saufe ich mich lieber nieder, das habe ich heute redlich verdient", sagte er.

6.

Als am nächsten Tag das Abendessen bei den Eltern stattfand, war das Wohnzimmer sauber, ein leicht muffiger Geruch wurde von Rosenöl überdeckt. Am Tisch standen appetitlich angerichtete Meze, typische türkische Vorspeisen. Alles schmeckte köstlich: Dolma, die gefüllten Weinblätter, Haydari, das fette Joghurt mit Pfefferminzblättern und Barbunja, die Bohnen in Tomatensauce. Dazu gab es erst Rotwein und dann wieder Raki, den Shelley inzwischen trank ohne mit der Wimper zu zucken.

Die Eltern, nun nicht mehr im Nachtgewand, wirkten stattlich. Elife Hanim hatte ihre Haare zu Zöpfen geflochten und kunstvoll hochgesteckt. Mirza Bey trug einen weinroten, eleganten Anzug, hatte tatsächlich ein Hörgerät und seine hellen Augen blickten klar.

Als Shelley den Vater mit seinen Söhnen so neben einander sitzen sah, fiel ihr bei allen Drei das gleiche markante Profil mit der Charakternase auf. Aber während Benjamin mit seinen braunen Augen wie ein italienischer Edelmann aussah und Timur mit seinen grünen wie ein Korsar, hatte der Vater die Ausstrahlung eines alten, gefährlichen Raubtiers. Da nützte es auch nichts, wenn er Benjamin, die ganze Zeit die Hand tätschelte.

Inzwischen hörte sich Shelley das Lamento von Leyla Hanim an.

„Alle meine Kinder mussten früh arbeiten. Es waren fünf, aber zwei sind früh gestorben!" Sie seufzte geräuschvoll: „Es waren Söhne, die starben!

„Ihr habt uns verlassen, ohne ein Wort zu sagen! Welche Kinder tun so etwas?" In der Stimme Mirza Beys lag mehr als nur unversöhnlicher Vorwurf. Bildete es sich Shelley ein, dass er dabei vor allem Timur hasserfüllt ansah?

„Aber jetzt sind wir ja gekommen, Vater und wir wollen euch helfen, euch zum Arzt bringen und wenn ihr wollt, kommt ihr in ein gutes Heim. Oder wir nehmen euch nach Australien mit", beschwichtigte Benjamin.

Shelley blickte ihren Mann überrascht an – Die Eltern in Melbourne? Davon war bisher niemals die Rede gewesen.

Mirza Bey schüttelte missmutig den Kopf. „Einen alten Baum verpflanzt man nicht. Aus dieser Wohnung bringt mich keiner raus!" Dann sagte er lauernd: „Ihr seid doch wegen eurer Erbschaft hier, oder?"

Bevor jemand antworten konnte, unterbrach Elife das unangenehme Gespräch - „Shelley, wollen Sie mit mir einen Rundgang durch die Wohnung machen? *Auf in die Gruft*, dachte sie, war aber erleichtert dem unangenehmen Gespräch zu entkommen.

Shelley folgte nun Elife durch eine Flucht dämmriger Räume mit altmodischer Einrichtung. Überall lagen mottenzerfressene Teppiche und Shelley fürchtete einen Asthmaanfall zu bekommen, so stickig war es. Gott sei Dank, war da noch ein Balkon. Als sie diesen aber öffnen wollte, hielt Elife sie zurück - „Diese Türe bleibt zu! Das Geländer ist instabil, und der Boden draußen voller Dreck. Shelley seufzte, aber sie riss sich zusammen. Der Rundgang würde ja nicht ewig dauern.

Ein wenig später spülte sie sich auf der Toilette das Gesicht mit kaltem Wasser ab und atmete tief durch eine Luke frische Luft ein. Dann fühlte sie sich besser. Für die nächste Zeit würde das definitiv ihr letzter Besuch sein, schwor sie sich.

7.

Aber so einfach, wie es sich Shelley vorgestellt hatte, konnte sie sich nicht abseilen. Ihr Mann brauchte sie als moralische Unterstützung beim Organisieren. Er fand für die Eltern tatsächlich die versprochene Krankenpflegerin und eine Putzfrau. Elife gefiel das gar nicht und sie meckerte über die „unerfahrene" Krankenschwester und die „verblödete" Putzfrau, nachdem sie beide Damen kennen gelernt hatte.

„Elife ist eine Hexe", bemerkte Shelley.

„Auch Mutter mochte sie früher nicht besonders, denn es gibt so eine Klatschgeschichte, dass Vater angeblich mal ein Auge auf sie geworfen hat", sagte Benjamin augenzwinkernd. Bei Elifes langer Nase und dem dürren Mund, konnte sich Shelley zwar schwer vorstellen, dass sie jemals einem Mann gefallen haben sollte, aber möglich war ja alles.

Erst am zweiten Wochenende fand Shelley endlich Zeit für sich und unternahm allein lange Touren durch Istanbul. Die Atmosphäre der Altstadt mit der bewegten Geschichte hatte sie in ihren Bann gezogen. Bei ihren Spaziergängen kam sie einmal zum Atelier eines Künstlers. Er hatte vor seinem Haus einige Gemälde aufgehängt. Die Bilder waren nicht abstrakt, enthielten aber stark ornamentale Elemente. Ihre leuchtenden Farben faszinierten Shelly und so trat sie ins Atelier ein. Drinnen in der Werkstatt waren viele Touristen und der Meister verkaufte gerade ein Gemälde, um einen ziemlich teuren Preis. Shelley sah sich alle Bilder genau an. Sie wollte unbedingt eines erwerben. Kein großes Bild, aber etwas Typisches, irgendwas mit diesen leuchtenden Farben: Türkis, Purpurrot, Orange und ein intensives Braun. Sie brauchte sehr lange, um sich zu entscheiden. Mit einem Mal merkte sie, dass die Werkstatt ganz leer war. Nur der Maler war noch da und sah sie aufmerksam an.

„You found the right picture?"

„Yes, I think so. If you want, we can speak Turkish."

„Oh yes Madame, Çay istermisiniz? Ismim Ahmet."

Shelly kannte das schon. Immer, wenn Geschäfte gemacht wurden, bekam man einen Tee oder Kaffee angeboten, redete über dies und jenes, feilschte ein wenig um dem Preis. Meist bekam jeder was er wollte und ging zufrieden weiter. Gerne nahm sie also an.

„Gefällt ihnen ein bestimmtes Bild?"

„Ja, dieses hier!" Shelley zeigte auf ein kleines Ölgemälde. Unterschiedlich große Farbtupfer, waren nebeneinandergesetzt. Es erinnerte sie an die Malerei von Paul Klee. In einer abstrakten Komposition von Türkis, Indigo, Rotbraun, Orange und Karminrot, war ganz zart ein weibliches Portrait eingraviert.

„Sie sind die Erste, die sich für dieses kleine Bild interessiert. Ich gebe zu, dass ich es nicht so gerne verkaufe. Es hängen da persönliche Erinnerungen daran", meinte der Maler überrascht.

„Oh, wollen Sie mir darüber vielleicht etwas erzählen?", fragte Shelley spontan. „Nur wenn sie wollen, ich will nicht indiskret sein", fügte sie hinzu.

„Sie können es gerne erfahren, es ist ungefähr drei Jahre her, da stand ich morgens auf der Terrasse. Es war ein ungewöhnlich klarer Tag, alle Farben waren intensiv und sie inspirierten mich zu diesem kleinen Bild, eigentlich eine Skizze, die ich später in ein großes Ölbild umsetzen wollte. Aber dann verlief alles ganz anders. Als ich das Bild gerade beendet hatte und ich mich mit meiner Frau frühstücken wollte, begann es: Ein Grollen, wie unterirdischer Donner, drang aus der Tiefe. Die Mauern unseres Hauses begannen zu vibrieren, draußen schrien die Menschen in Panik, als sich Risse in der Straße auftaten. Meine Frau stürzte zu mir, aber sie rutschte aus und fiel der Länge nach hin, mit dem Kopf schlug sie auf einem Blumentopf."

Der Maler machte eine Pause, es war ihm anzusehen, dass ihn die Erinnerung sehr mitnahm.

„Was ist mit ihrer Frau passiert?"

„Sie war bewusstlos. Als das Erdbeben vorbei war, musste ich aber noch stundenlang warten, denn es konnte kein Arzt kommen. Es herrschte ein unbeschreibliches Verkehrschaos und Teile der Straße waren zerstört.

Ich dachte, meine Frau hätte womöglich einen Schädelbruch und müsste sterben. Aber langsam erholte sie sich und irgendwann kam tatsächlich ein

Arzt, der sie versorgte. Sie hatte Glück gehabt und nur eine Gehirnerschütterung von dem Sturz bekommen. Aber jener Tag hat sich mir tief eingebrannt. Wäre sie anders gefallen, wäre sie wahrscheinlich gestorben. Nur ein paar Zentimeter haben über ihr Schicksal entschieden! Wissen Sie wieviel ich darüber schon nachgedacht habe? Ist es Glück, Zufall oder Schicksal, dass meine Frau überlebt hat? Wer kann das schon wissen?"

„Dann ist das Gesicht in der Komposition, Ihre Frau."
Ja, ich habe ihr Profil ins Bild eingraviert und für sie gebetet, während ich auf den Arzt gewartet habe. Ich wusste ja nicht, ob sie überleben wird."

„Dann werde ich das Gemälde nicht nehmen, das ist ein sehr persönliches Bild."

„Oh nein, Sie können es gerne haben, wenn sie erlauben, möchte ich es Ihnen schenken. Als Dank dafür, dass Sie mir zugehört haben. Traurige Geschichten hören die Menschen nicht gerne."

Shelley war gerührt - „Das kann ich nicht annehmen! Nennen Sie bitte einen Preis!"

„Einen Preis wollen Sie?" Der Maler lächelte. „Nun gut, dann möchte ich Sie gerne portraitieren. Wenn Sie mir einmal Modell stehen, würde es mich ausgesprochen freuen, denn Sie haben ein interessantes Gesicht. Darf ich Sie fragen, woher sie kommen?"

Shelley erzählte ihm von ihren Vorfahren, den Maoris mütterlicherseits, den franko-indianischen Kanadiern väterlicherseits. „Aber ich bin in Melbourne geboren", sagte sie. „Waschechte Australierin!"

Der Maler, der sie an den berühmten Schauspieler Omar Sharif erinnerte, war beeindruckt. - „Ich hätte gedacht, dass Ihre Vorfahren vielleicht Perser oder Afghanen waren. So kann man sich täuschen! Sind Sie allein in Istanbul?"

„Nein, ich bin mit meinem türkischen Mann und seinem Bruder in einer Familienangelegenheit hier." So kam es, dass Shelley dem Maler, der sich als aufmerksamer Zuhörer erwies, die ganze Geschichte erzählte, in die sie da hineingeraten war.

„Jetzt verstehe ich, warum Sie gerade dieses Bild ausgesucht haben", meinte Ahmet und schüttelte sein Löwenhaupt. Sie befinden sich ja auch gerade in einer Art Beben, einer Erschütterung, die durch eine ganze Familie geht. Ich werde für euch beten, dass alles gut ausgeht! Es ist mutig von Ihnen, ihren Mann und seinen Bruder auf dieser Schicksalsreise zu begleiten. Ja, die Wurzeln ziehen uns immer dorthin zurück, wo wir herkommen, ob es nun gut oder schlecht ist."

Ahmed wickelte das kleine Bild liebevoll in Packpapier ein und verschnürte es sorgfältig.

Shelley bedankte sich herzlich und versprach bald vorbeizukommen.

8.

Die Zeit verging unglaublich schnell. Ehe sich Shelley versah, waren die letzten Tage angebrochen. Ein Abschiedsessen fand statt. Der Tisch war besonders festlich gedeckt. Elife musste lange gearbeitet haben. Shelley hatte einen Strauß Rosen mitgebracht, auf denen Tautropfen aus Kunststoff klebten. Leyla Hanim hatte das Bukett mit dem freudigen Kommentar - „Noch nie habe ich so schöne Blumen bekommen" - entgegengenommen, es auf die Kommode gelegt, dann aber vergessen.

Während des Abendessens fühlte Shelley den Vogelblick Elifes auf sich ruhen und kurz durchzuckte sie ein böser Gedanke. *Vielleicht vergiftet sie uns jetzt alle, dann bekommt sie ganz allein die Wohnung.* Doch nichts dergleichen geschah, außer, dass immer neue Köstlichkeiten aufgetischt wurden und Shelley schalt sich für ihre dummen, unlogischen Verdächtigungen. Elife lebte völlig allein und hatte doch ihre eigene Wohnung, wozu sollte sie noch eine brauchen? Die Rakiflasche leerte sich wieder einmal schneller als gedacht und so zog Benjamin mit Timur los, um Nachschub zu besorgen. Mirza Bey zog sich nach dem Essen ins Schlafzimmer zurück, um sein übliches Nickerchen zu machen und bald hörte man sein leises Röcheln.

So kam es, dass auf einmal die drei Frauen ganz allein am Tisch saßen.

„Die Rosen sollte man einfrischen", sagte Leyla Hanim und hob träge ihre Hand - „Ich glaube eine Vase ist irgendwo da oben. Elife?", sagte sie in befehlsgewohntem Ton. Eilfertig stieg Elife auf einen wackeligen Schemel und nahm vom Küchenregal eine verstaubte Vase.

In dem Moment fand Shelley endlich den Mut, die Frage zu stellen, die ihr schon so lange auf der Zunge brannte. Es nervte sie ja so sehr, die ewig gleiche Schallplatte des Familiendramas zu hören.

Während sie beobachtete, wie herablassend ihre Schwiegermutter Elife behandelte, war sie endgültig sicher, dass hier alle etwas wussten, das ihr vorenthalten wurde. Sie wollte hinter die Fassade blicken und erfahren, wie der abgrundtiefe Hass zwischen Timur und seinem Vater wirklich entstanden war. Nur weil Timur Schuhe putzte, aber Benjamin in die Schule gehen durfte, konnte es einfach nicht gewesen sein. Sogar wenn Mirza Bey Timur gestraft hatte, indem er ihn über den Balkon hielt, reichte das für Shelley nicht als Erklärung, für die mörderische Energie, die zwischen den beiden schwelte.

Später hatte sie sich oft gedacht, wie wohl der ganze Abend verlaufen wäre, wenn sie diese eine Frage nicht gestellt hätte.

„Warum hasst Mirza Bey Timur denn so sehr? Da stimmt doch was ganz und gar nicht. Ihr verschweigt mir was", brach es wütend aus ihr hervor.

Elife, die gerade vom Schemel stieg, drehte sich so heftig um, dass sie fast gefallen wäre.

„Sie wissen doch, Shelly, wie hart Timur und Benjamin als Kinder gearbeitet haben, Kinder verstehen so etwas nicht, und da hat sich viel Bitterkeit angesammelt. Timur war da eben viel empfindlicher."

„Dieses Gefühl habe ich bei dem ja gar nicht", entgegnete Shelley.

Leyla Hanim machte eine abwehrende Geste und sagte: „Shelley soll doch ruhig die Wahrheit hören, denn schließlich gehört sie auch zur Familie. Ich habe schon genug von all den Lügen, die ganzen Jahre lang."

„Aber Shelley, Sie kennen die Wahrheit doch sicher von Ihrem Mann. Warum quälen Sie Leyla Hanim mit Ihren Fragen, was erwarten Sie sich davon?", rief Elife.

Shelley ignorierte Elife jedoch völlig. „Bitte Leyla Hanim, erzählen Sie mir doch alles, ich möchte endlich verstehen, was mit Timur geschehen ist, wir machen uns große Sorgen um ihn. Sein Leben verläuft nicht so gut. Irgendetwas Schlimmes muss da passiert sein, hab' ich recht?"

Leyla Hanim atmete schwer und ihre Hände zitterten.

„Da sehen Sie, Shelley, was Sie mit Ihrer dummen Frage angerichtet haben," keifte Elife. „Jetzt wird sie einen Herzanfall bekommen!"

Leyla Hanim streifte Elife mit einem verächtlichen Blick. „Das Herzmittel habe ich gebraucht, weil ich nie reden durfte. Nicht über die eine Sache und auch nicht über das Verhältnis, das du mit meinem Mann gehabt hast, du vertrocknete Schabrake! Jetzt aber will alles heraus aus mir und ich fühle, dass meine Schwiegertochter alles verstehen wird!"

Elifes Augen glühten, wie schwarze Kohlen, ihr zu einem „O" geformter Mund und die zuckende Spitze ihrer langen Nase, zeigten, wie wütend sie war. Sie beherrschte sich aber und kehrte an den Tisch zurück. Ihre Hände umkrampften die Vase so fest, als sei sie die Büchse der Pandora, in der Worte eingeschlossen waren, die um keinen Preis entweichen durften.

9.

So begann Leyla Hanim zu erzählen: „Ebru wurde von dem Mann, an dem mein Mann sie verkauft hatte, vergewaltigt. Ich wusste es nicht von ihr, sondern von seiner Frau, die zu mir kam und mich anflehte, sie wieder zurück zu nehmen. Weil die junge Frau bisher kinderlos geblieben war, sollte ihm meine schöne Ebru einen Sohn gebären. Ich sagte, wenn ein Mann sich eine Zweitfrau nehmen wollte, wäre das sein gutes Recht. Insgeheim war ich sogar froh, denn es ist besser eine Ehefrau zu sein als ein Dienstmädchen, nicht wahr?"

Shelley nickte ungeduldig. Bis dahin deckte sich die grässliche Geschichte völlig mit dem, was sie schon wusste.

„Aber die junge Frau sagte mir, dass ihr Mann Ebru nicht heiraten würde. Er wollte nur den Sohn von ihr haben, um sich dann ihrer zu entledigen. Sie erzählte mir auch, dass Ebru schon schwanger sei. Ich glaubte der jungen Frau nicht so recht und dachte, dass sie eifersüchtig war. Ich musste mit meiner Tochter selber reden! Doch ich durfte sie ja nicht besuchen und keiner der Männer sah es gerne, wenn wir auch nur telefonierten. Aber eines Tages gelang es ihr, mich heimlich anzurufen und da bestätigte sie alles.

Ebru war also in ernster Gefahr. Was sollte ich tun? Mit meinem Mann brauchte ich gar nicht erst zu rechnen, Benjamin ging als Einziger zur Schule, und ich wollte ihn nicht in die Geschichte mit hineinziehen. So beschloss ich, unseren gewitzten Timur, den Straßenjungen, einzuweihen. Aber es stellte sich heraus, dass er schon alles wusste und ich erfuhr, dass er seine Schwester schon öfter heimlich besucht hatte. Timur würde also Ebru zur Flucht verhelfen. Ich hatte keine rechte Vorstellung davon, wie er das bewerkstelligen wollte und erst recht wusste ich nicht, was aus ihr danach werden sollte. Weit weg in ein Dorf, wo ich Verwandte hatte, sollte sie fahren. Mit dem Kind würde es zwar schwierig werden, aber wir könnten uns eine gute Lüge einfallen lassen. Wir bereiteten also alles vor, damit sie schnell aus Istanbul fliehen konnte.

„Ebru hat aber immer erzählt, sie wäre ganz alleine geflohen und hätte dann ihre Brüder getroffen,“ wunderte sich Shelley.

„Oh nein, ohne Timur hätte Ebru das alles nie geschafft! Sie war ja fast noch ein Kind.“ Leyla Hanim schüttelte den Kopf als könnte sie all dies selber nicht glauben und mehrmals schluckte sie, bevor sie weitersprach.

„Dann kam diese Nacht. Ich weiß noch, wie sehr ich mich ärgerte, als ich merkte, dass Timur seinem Bruder doch alles erzählt hatte. Natürlich wollte Benjamin nun auch unbedingt bei der Befreiung seiner Schwester dabei sein. Aber das ließ ich nicht zu - ich richtete es so ein, dass er für die ganze Nacht an einen Schuster vermietet wurde.

Timur war ja auch viel schlauer als Benjamin! Er hat als Taschendieb viel Geld nachhause gebracht. Das war natürlich nicht gut, aber damals war ich dankbar, denn dieses Geld war das einzige, dass mein Mann nie zu Gesicht bekam. Er konnte es daher weder vertrinken, noch verspielen."

Das Timur als Taschendieb für seine Mutter gearbeitet hatte, war ebenfalls neu für Shelley. Sie hoffte inständig, dass die Brüder noch in die Shishabar gegangen waren, damit sie die ganze Geschichte ungestört fertig hören konnte!

„Der Plan war einfach", fuhr Leyla Hanim fort. „Timur sollte sich nachts ins Haus, wo Ebru lebte, hineinschleichen und ihr zur Flucht verhelfen. Dann wollte ich bei unserem Hauseingang auf sie warten. Ich hatte Geld auf die Seite gelegt, soviel, dass sie sich eine Fahrt ins Dorf meiner Cousine leisten konnte, die ich eingeweiht hatte.

Die ganze Nacht war ein einziges langes und angespanntes Warten. Mein Mann schlief tief neben mir, ich hatte mit einer Schlaftablette in seinem Wein dafür gesorgt. Ich sah dem Mond zu, wie er höher und höher stieg. Irgendwann hörte ich endlich Timur unten vor dem Haus pfeifen. Schnell nahm ich das Bündel, dass ich für Ebru vorbereitet hatte: Geld und ein paar Babysachen. Damit schlich ich mich vors Haus. Da standen sie, meine Tochter und Timur. Ebru hätte ich beinahe nicht erkannt, ihr Gesicht war eingefallen, die Augen stumpf und ihre Kleider abgetragen. Sie sah einfach zum Erbarmen aus und ich umarmte sie verzweifelt. Timurs Kleider waren blutig. Er ..."

„Was erzählst du denn da für eine Geschichte, Mutter?!"

Die drei Frauen fuhren herum. Niemand hatte bemerkt, wie Benjamin und Timur plötzlich zurückgekommen waren. Timur hielt eine Flasche Raki in der Hand und Shelley sah gleich, dass die Flasche schon halb leer war. Der Duft von Apfeltabak wehte an ihre Nase. Sie hatte also recht damit gehabt, dass die beiden noch in der Sishabar gewesen waren.

„Ich erzähle eine Geschichte von uns, die Shelley noch nicht kennt. Hat wer was dagegen?" Leyla Hanim blickte ihre Söhne herausfordernd an.

„Eure Mutter ist völlig verwirrt, ich höre jetzt schon eine ganze Weile zu, aber es ist falsch, was sie da erzählt," rief Elife verzweifelt. „Sie verdreht alles!"

Jetzt reichte es Shelley - „Ich verstehe nicht, wer hier was verdreht und was genau ich nicht wissen darf! Wenn ihr das mit Ebrus Totgeburt meint: Ich weiß schon, dass sie mit einem Stock abgetrieben hat und fast draufgegangen wäre. Sie hat es mir einmal unter dem Siegel der Verschwiegenheit erzählt!"

Timur löste sich aus dem Türrahmen. „Nein, Schwägerin, das wollte dir Mutter nicht erzählen."

Zu ihrer Überraschung, sah Shelley wie Benjamin sich plötzlich wegdrehte und die Hände über dem Kopf zusammenschlug.

„Man soll Vergangenes ruhen lassen, was für einen Sinn hat es denn?", murmelte Elife. Nur Leyla Hanim blieb ganz ruhig: „Erzähle Ihnen doch, Timur mein Sohn, was du auch mir erzählt hast! Oder soll ich weiterreden?"

Timur stand da wie eine Statue und sein Mund war seltsam verzerrt.

„Ich mache dir keinen Vorwurf. Es war zwar nicht gut, was du getan hast. Aber nur Gott allein darf dich richten, Inschallah, und er wird sehen, dass du von euch Dreien die schwerste Last tragen musst", sagte Leyla Hanim.

Benjamin drehte sich wieder vom Fenster weg. Er war blass, aber gefasst, so als hätte er eine schwere Entscheidung getroffen: „Bruder, erzähl' Shelley, was in jener Nacht passiert ist!"

Timur fixierte Shelley: „Bist du bereit Schwägerin? Du hast mir doch einmal einen Mord zugetraut, nicht wahr? Nun hör gut zu!"

Shelley blickte fassungslos von einem zum anderen. Langsam stieg eine vage Ahnung in ihr hoch.

„Ich hatte nie vor Mutters Plan auszuführen", Timur lachte. „Das war ein Weiberplan, zwar gut gemeint, aber mir war klar, wie es für Ebru ausgehen musste. Irgendwann musste die Wahrheit der Geschichte durchsickern und am Ende würde man Vater informieren und sie vermutlich steinigen. Ich liebte meine Schwester, sie war für mich immer die Schönste von allen Mädchen: Ebru mit ihren großen Augen, in denen Sterne strahlten und der Mond sich spiegelte. Ebru mit ihren rabenschwarzen Haaren, die ihr bis auf die Hüften fielen, wenn sie diese nicht zu einem dicken Zopf geflochten hatte. Ich liebte ihr Lachen und ihren Übermut, sie war etwas Besonderes und ganz anders als alle anderen Mädchen in unserer Gasse. Ich hasste alle, die ihr ein Leid antaten: Vater, der sie verkauft hatte und vor allem den Mann, der sie benutzt hatte. Nicht nur, dass er sie nicht heiraten wollte, nein, er wollte sie auch noch umbringen, um sich so die Ausgaben für eine Zweitfrau ersparen.

Ich begab mich also zu dem Haus, wo Ebru lebte. Leicht knackte ich das Schloss und schlich mich zu der Kammer, wo meine Schwester schon wartete.

,Geh schon mal vor', wisperte ich.

,Wirst du es wirklich tun?'

,Wie wir es geplant haben.'

Als Ebru aus dem Haus gehuscht war, trat ich lautlos in den Raum, wo der Mann und seine Frau schliefen und schnitt beiden mit einem Dolch die Kehle durch."

Mit fiebrigen Augen starrte Timur Shelley an. Ihr rieselte die Gänsehaut über den Rücken.

„Aber die junge Frau konnte nichts dafür, sie wollte doch sogar helfen", flüsterte Shelley entsetzt.

„Sie hätte nur geschrien und Probleme gemacht. Außerdem kannte sie mich und hätte mich verraten. Von Ebru wusste ich, dass der Mann unter dem Ehebett viel Geld versteckt hatte. Wir wollten uns doch eine Schiffsreise nach Australien kaufen! Ich schlitzte die Matratze auf, holte alles heraus und eilte mit Ebru in unser Viertel zurück. Es war ein langer Weg und wir sahen uns dauernd um, weil wir Angst hatten, dass uns jemand folgte. Als wir zuhause ankamen, pfiff ich nur ganz leise, denn ich wusste, Mutter würde wach sein. Schnell kam sie auch hinunter. Ich sah noch das Entsetzen in ihren Augen, als sie Ebru erblickte, die jetzt wie ein Gespenst aussah. Noch größer war ihr Schock, als sie mich sah: mit Blut überspritzt, den Dolch noch immer in der Hand.

,Was hast du nur getan', flüsterte sie entsetzt.

Es war keine Zeit für lange Erklärungen. ,Wo ist Benjamin?'

,Bei dem Schuster!

,Nicht mehr, hier bin ich!' Schon trat Benjamin aus dem Hauseingang hervor, sein Bündel geschnürt.

,Ihr könnt mich nicht verlassen, ihr dürft nicht gehen', schrie Mutter.

Da trat ich zu ihr und hielt ihr den Dolch an die Kehle.

,Schrei nicht so laut! Wenn du uns nicht gehen lässt, gehe ich rauf und töte Vater!'

Bei Gott, ich weiß nicht, was für einen Narren sie an diesem Menschen gefressen hatte, aber ich wusste: Eher lässt sich Mutter umbringen, ehe sie zulässt, dass ich dem Alten ein Leid antue. Nun, den Rest der Geschichte brauche ich jetzt nicht mehr zu erzählen, den kennst du ja von unserer frisierten Version, mit der wir dich immer so gelangweilt haben, liebe Shelley.

„Benjamin, hast auch du den Mordplan gekannt?", fragte Shelley nach einigen Momenten des Schweigens.

„Wir hatten doch alles zusammen geplant. Aber da ich ja bei dem Schuster bis tief in die Nacht schuften musste, konnte ich nicht mitkommen und helfen." Benjamin vermied es, sie anzusehen.

„Ja, dein braver Mann ist in einen schmutziges Mordkomplott mitverwickelt. Das muss schlimm für dich sein, nicht wahr?", feixte Timur.

„Du hast es also die ganze Zeit gewusst und nie erzählt Benjamin", murmelte Shelley. „Unfasslich!"

Leyla Hanim ergriff wieder das Wort: „Timur, du solltest dich mit deinem Vater versöhnen. Ich glaube, er wartet darauf."

„Nein, ich glaube, DU wartest darauf, Mutter! Was soll ich denn zu ihm sagen?"

„Was immer dir einfällt, aber rede mit ihm. Denn auch dein Vater, obwohl er vielleicht nicht der beste Mensch ist, soll nicht von seinen Söhnen vor Gericht gestellt werden, sondern von Gott. Die Welt aus der er stammte, als ihn kennen gelernt habe, war dunkel und finster. Er trägt Schuld, aber er hat seine Sünden wahrhaftig alle abgebüßt, nachdem ihr alle fort wart."

Benjamin nickte: „Sie hat recht, Timur, machen wir unseren Frieden mit Vater. Ich werde auch mit ihm reden. Wenn du magst, dann gehe ich als Erster! Und nur damit du es weißt: Ebru und ich stehen tief in deiner Schuld, wir werden dir für immer dankbar sein!" Benjamin umarmte Timur plötzlich und drückte ihn fest an sich.

„Ist schon gut Benjamin, ich gehe jetzt zu Vater. Ihr habt recht: Wann, wenn nicht jetzt!"

Timur löste sich aus der Umarmung und verschwand im dunklen Flur Richtung Schlafzimmer. Shelley glaubte Tränen in seinen Augen gesehen zu haben, aber er tat ihr nicht leid. „Krokodilstränen eines Mörders", murmelte sie halblaut vor sich hin.

10.

„Ach Gott, da liegen ja noch immer die armen Rosen!" Leyla Hanim sprang auf, um die Blumen endlich in die Vase zu geben. Doch sie tat nur ein paar Schritte und schwankte dann wie betrunken. Aus der Tiefe ertönte ein dumpfes Grollen und Shelley sah die Wände vibrieren. Der Luster über dem Tisch pendelte wild hin und her. Leyla Hanim war auch nicht betrunken, es war der Boden, der unter ihren Füßen wankte. Shelley klammerte sich panisch an ihrem Stuhl fest. Dann erlosch das Licht. Derart heftig war die Erschütterung, dass die Möbel wackelten und alles Geschirr in Scherben zersprang. Die Mauern krachten verdächtig und Verputz rieselte von der Decke hinab. Doch so schnell, wie das Beben begonnen hatte, verebbte es wieder. Alle saßen da wie erstarrt und erst nach einer ganzen Weile traute sich Shelley ihre Arme langsam von der Stuhllehne zu lösen.

Auf einmal ertönte ein markerschütternder Schrei. Benjamin sprang wie elektrisiert hoch, riss Shelley vom Stuhl und eilte mit ihr Richtung Schlafzimmer. Drei Dinge sah Shelley sofort, obwohl es noch immer kein Licht gab: Die Tür zum Balkon des Innenhofs war sperrangelweit offen, der Vater stand an der Balkonschwelle, aber Timur war nirgendwo.

„Timur, wo bist du?", brüllte Benjamin. Mirza Bey fuchtelte mit seinem Stock ins Leere. Entsetzt registrierte Shelley, dass das Geländer des Balkons nicht mehr da war.

Ein verzweifeltes Stöhnen: „Hilfe, ich stürze ab!"

Ihr Blick heftete sich auf die weißen, knochigen Finger, die sich an den Rand der Balkonplatte krallten.

„Timur!" Benjamin stieß Shelley zur Seite, sodass sie beinahe gestürzt wäre, warf sich zu Boden und robbte bäuchlings über den Balkon.

„Halte meine Füße fest, Shelley" schrie er, während es ihm schon gelang die Hände seines Zwillingsbruders zu fassen. „Timur, halt' durch, ich zieh' dich hoch!"

Doch dann passierte es: Wie in Zeitlupe löste sich die Betonplatte des kleinen Balkons aus der bröckligen Mauer und raste in die Tiefe.

Unter ihr stürzte Timur.

Ein Moment verstrich, während dem sich Benjamin ins Zimmer retten konnte, und dann übertönte der Knall im Innenhof Timurs Todesschrei fast gänzlich.

Das ganze Haus erzitterte - fast wie vorhin bei dem Beben.

Dann machte es noch ganz leise: „Pling"

Es war der Balkonschlüssel, der Mirza Bey entfallen war.

11.

Einen Tag vor ihrem Rückflug nach Australien besuchte Shelley den Maler Ahmet noch einmal. Sie entschuldigte sich, dass es so lange gedauert hatte, aber die letzten Tage waren einfach heller Wahnsinn gewesen: Die Polizei war gekommen, ein schnelles Begräbnis war organisiert worden. Shelley hatte Leyla Hanim betreut, die einen schweren Schock erlitten hatte. Die Polizei hatte die Geschichte von dem maroden Balkon aufgenommen und notiert, dass wegen des Bebens die Platte weggebrochen war. Weiter fragten sie nichts, denn die Ursache war ja klar.

Shelley verschwieg jedoch die Zweifel, die in ihr nagten, seit sie Mirza Beys undurchdringliches Gesicht nach Timurs Sturz gesehen hatte. Sie gestand Ahmet, dass sie tief im Herzen ihren Schwiegervater verdächtigte, Timur ins Verderben gelockt zu haben, jedoch ihr Verstand weigerte sich, so etwas Unfassbares zu glauben.

Ahmet umarmte sie mitfühlend und seine Warmherzigkeit löste mit einem Mal den Klumpen aus Stress, Verzweiflung und Verwirrung, zu dem Shelleys Herz in den letzten Tagen geronnen war. Ihre Lippen zitterten unkontrolliert und Tränen quollen aus ihren Augen.

„Weinen Sie nur, das tut Ihnen gut!" Ahmet brachte eine Kanne Tee und reichte ihr ein Glas. Shelley schniefte dankbar und ließ sich auf dem Hocker mit dem bunten Kelim nieder.

„Das Schicksal selbst schreibt Dramen, die wir uns nicht mal ausdenken können. Perfekt inszeniert! Es könnte so gewesen sein, wie Sie vermuten, nicht wahr? Sie meinen nämlich, dass Timur nie freiwillig auf den Balkon gegangen wäre, weil er panische Höhenangst hatte!" Shelley nickte.

„Lassen Sie uns doch mal ein kleines Rollenspiel probieren", sagte Ahmed auf einmal. „Ich bin Mirza Bey und Sie sind Timur, der gerade kommt, um sich zu verabschieden."

„Ich wusste gar nicht, dass Sie auch Schauspieler sind", Shelley lächelte unwillkürlich.

Ahmet nickte, nahm dann etwas Tabak und drehte eine Zigarette, die er anzündete. Den Stängel steckte er zwischen Shelleys Lippen und sagte: „Timur, ich mag es nicht, wenn du in der Wohnung rauchst. Geh' auf den Balkon!"

Shelley paffte tapfer und antwortete als Timur: „Ich möchte lieber nicht auf den Balkon gehen."

„Wenn du rauchst, gehst du auf den Balkon. Das ist keine Bitte."

„Ich will aber nicht!" Shelley meinte plötzlich zu spüren, wie schrecklich es für Timur war, mit seinem Vater allein zu sein. Er fühlte sich wieder wie ein kleiner, schutzloser Junge.

„Ängstigst du dich, Timur, weil ich dich früher oft über das Geländer gehalten habe, wenn du schlimm warst?"

„Ich habe keine Angst mehr! Schau, schon bin ich am Balkon."

„Du kannst also auch gehorchen. Aber es wird dir nichts mehr nützen. Du bist ein Meuchelmörder und hast deine Geschwister in deine Untaten mithinein gezogen. So konntest du sie erpressen, mit nach Australien zu kommen. Nun sag mir: Was hat es dir gebracht?"

„Ein Leben als U-Boot, ewige Angst, dass die Vergangenheit Ebru, Benjamin und mich einholt."

„Du Versager, warum bist du nur zurückgekommen?

„Vater, Benjamin hat es unbedingt gewollt. Es liegt ihm viel an unserer Versöhnung."

„Lüge, alles Lüge! Es ist nur die Erbschaft, die ihr wollt! Doch von mir kriegst du nicht mal den Dreck unter dem Fingernagel!"

„Vater, ich bin gekommen, um mit dir Frieden zu machen."

„Dafür ist es längst zu spät! Du weißt nicht, was ich alles mitgemacht habe, nachdem ihr fort wart. Ihr habt meine Ehre und mein ganzes Leben zerstört!"

„Meinst du nicht Vater, dass auch du mit Schuld an allem trägst?"

„Fahr zur Hölle, du Bastard", schrie Ahmet und holte mit der Hand zum Schlag aus. Er stieß aber Shelley nur ganz leicht an der Schulter und brach damit das Spiel ab.

Shelley atmete ein paarmal tief durch. „Wow, das fühlte sich ganz schön echt an!", sagte sie.

Ahmet nickte. „Im nächsten Moment begann das Beben, nicht wahr? Timur hat sich an das wackelige Geländer geklammert, das jedoch nachgab. Dann ist er gefallen. Zwar konnte er sich mit den Händen am Balkon abfangen, doch sein pendelnder Körper und das Gewicht von Benjamin, der ihn retten wollte, ließ die Platte abstürzen."

In Shelleys Kopf kreisten die Gedanken. Konnte es wirklich so gewesen sein?

„Mirza Bey konnte aber nicht ahnen, dass es in dem Moment ein Beben geben würde."

„Aber er wusste, dass das Gitter instabil war. Vielleicht wollte er ja Timur nur einen tödlichen Schrecken einjagen und ihn ängstigen, so wie damals, als er den kleinen Jungen über den Balkon in die Tiefe hängen hat lassen."

Unmöglich war das nicht, aber dennoch Spekulation. Shelley dachte an die drei Karten ihrer Tarotlegung:

Das Herz, das von drei Schwertern durchbohrt wurde.

Der gesprengte Turm, von dem ein Mann abstürzte.

Das Rad des Schicksals.

Erst jetzt wo es zu spät war, erkannte sie die Zusammenhänge. Aber sie hatte ja auch endlich die richtige Frage gestellt!

Nachdenklich trank sie den restlichen Tee aus ihrem Glas. „Es hätte ganz leicht passieren können, dass Benjamin als Erster zu Mirza Bey gegangen wäre. Dann wäre er womöglich abgestürzt? Was für ein Glück er doch gehabt hat! Wissen Sie, Timur hatte solche Angst vor dieser Reise, aber wir haben ihn überredet, mitzukommen. Jetzt ist er tot."

Ahmet hatte inzwischen ein Blatt an seine Staffelei geheftet und Shelley erinnerte sich wieder daran, dass sie ihm versprochen hatte, Portrait zu sitzen. Das war schön, sie entspannte sich ein wenig, schloss die Augen halb und hörte, wie der Künstler mit dem Kohlestift über das Papier schabte.

„Wie geht es Ihnen eigentlich mit der ganzen Geschichte?", fragte Ahmet auf einmal.

„Darf ich denn reden, während Sie zeichnen?"

„Ja, ich brauche immer nur ein paar Momente, um das Wesentliche in einem Menschen zu erfassen."

„Für mich ist eine Welt zusammengebrochen. Bis vor wenigen Tagen, wusste ich nichts von alledem und jetzt erfahre ich, dass mein Mann zusammen mit seinem Bruder und seiner Schwester einen Doppelmord geplant hat. Das gestohlene Geld finde ich nicht so schlimm, aber ich muss immerzu an die unschuldige, junge Frau denken! Timur hat die Tat dann schließlich ausgeführt. Wie sehen Sie das? Sind nicht alle drei schuldig?"

„Das ist eine komplizierte Geschichte", sagte Ahmet vorsichtig. „Man könnte sich fragen: Vielleicht ist der Vater der wahre Schuldige, denn er hat seine Kinder in die Situation getrieben. Trägt aber auch die Mutter Mitschuld, weil sie sich nie aufgelehnt hat? Benjamin, Ebru und Timur hätten auch einfach nur das Geld nehmen können. Wir sollten aber nicht vergessen, wie verzweifelt die drei jungen Geschwister waren. Ich glaube Istanbul ist voll mit Dramen von Armut, Verbrechen und Emigration. Es waren damals schwere Zeiten!"

„Sie haben recht, Ahmet, Sie haben ja keine Ahnung, wie sehr Sie mir helfen! Ich bin so entsetzlich durcheinander und fühle mich so einsam, wie noch nie!"

„Können Sie Ihrem Mann denn verzeihen?"

Shelley schluckte schwer und schüttelte den Kopf. Sie hatte mit Benjamin in den letzten Tagen kaum etwas Persönliches geredet. Er war ein Nervenbündel und hatte wieder zu rauchen und zu trinken begonnen, was sie zutiefst verabscheute. Außerdem führte er Selbstgespräche und redete sich ein, er hätte seinen Zwillingsbruder in den Tod geschickt, weil er ihn zu der Reise gezwungen hatte.

Shelley selber wollte übermorgen heimfliegen, aber Benjamin würde wohl noch eine Zeitlang in Istanbul bleiben.

Nein, sie hatte keine Ahnung mehr, wie es zwischen ihr und ihrem Mann stand. Er war ihr völlig fremd geworden.

„Ich weiß nicht mehr, was ich für einen Menschen vor mir habe. Kann ich ihm noch vertrauen? Vielleicht ist es besser, wenn er und ich eine Zeitlang auseinander gehen. Ich glaube zwar, ich liebe ihn noch, aber …"

„Wenn Sie ihren Mann lieben, dann reden Sie vor der Abreise wenigstens noch mit ihm. Er braucht sie jetzt als Freundin. Sehen Sie, das Leben ist so kurz und die

Fehler, die man einmal gemacht hat, kann man zwar bereuen, aber nicht mehr ungeschehen machen."

Shelley nickte: „Ihre Worte tun mir unglaublich gut."

Dann meinte sie zögernd: „Vielleicht werde ich ja in den nächsten Jahren doch öfter in Istanbul sein, dann werde ich Sie immer besuchen kommen!"

„Das wird mich sehr freuen! Dann können Sie mir wieder Portrait sitzen, ich zeichne Sie sehr gerne!"

Ahmet hatte eine nachdenkliche Shelley mit Ringen unter den Augen und gefurchten Wangen gezeichnet, dennoch war es das Bild einer schönen Frau mit starkem Charakter.

„Danke, dass Sie diese Seite von mir offenbart haben!"

Ehrfürchtig betrachtete Shelley ihr Portrait.

„Ich habe ein kleines Geschenk für sie!" Ahmet ging in einen Nebenraum und holte einige langstielige Rosen. Er teilte den Strauß auseinander. „So, drei Stück sind für Sie, liebe Shelley und die anderen sind für meine Frau, denn sie hat heute Geburtstag."

„Dann lassen Sie ihre Frau bitte ganz herzlich von mir grüßen. Wohnt sie denn nicht hier im Haus?"

„Nein, ich gehe später auf den Friedhof, leider ist sie vor zwei Jahren an einem Schlaganfall gestorben!"

„Oh Ahmet, das wusste ich nicht. Es tut mir so leid für sie!"

„Das muss es nicht. Wissen Sie, ich spreche immer von meiner Frau, als ob sie noch hier wäre, ich gehe auch fast jeden Tag zum Friedhof, unterhalte mich dort mit ihr und erzähle ihr alles, was so passiert.

Solange wir unsere Lieben nicht vergessen, weilen Sie doch immer noch mitten unter uns!"

12.

Den Weg von Ahmets Atelier zum Hotel ging Shelley zu Fuß. Auf der Galatabrücke blieb sie stehen und blickte hinunter ins Meer. Sie warf zwei der Rosen ins Wasser: „Für dich Timur, mögen sie dich auf deiner Reise begleiten", flüsterte sie unter Tränen. Die dritte Rose behielt sie bei sich. Als sie die Tür zum Hotelzimmer öffnete und leise eintrat, stand ihr Mann rauchend am Fenster und blickte hinaus. Als er sich umdrehte, hätte Shelley fast der Schlag getroffen. Das war doch nicht Benjamin! Ein verwegenes Piratengesicht blickte sie an. Der Geist, oder wer anders sollte es sein, trug ein altes Hemd, eine zerrissene Jeans und seine zitternde Hand hielt eine selbst gedrehte Zigarette. Fassungslos starrte sie ihn an: „Timur?"

„Aber Schatz, was redest du da!"

„Du siehst aus, wie er! Ich hab' richtig Herzklopfen bekommen!"

„Gut möglich, so wie ich mich fühle. Ich werde mit dem Rauchen und Trinken bald aufhören, das tut mir nicht gut."

„Wäre nicht schlecht. Langsam beruhigt sich ja alles wieder."

„Wie man's nimmt: Vater ist am Nachmittag gestorben. Ich bin ins Krankenhaus gerufen worden, nachdem er eingeliefert wurde."

„Nein, oh mein Gott!" Shelley wurde es plötzlich ganz schwindlig, sie hockte sich auf den Boden und sah zu Benjamin hoch.

„Was ist passiert?"

„Das konnten leider auch die Ärzte nicht erklären. Anscheinend war es das Herz. Es hat ihm anscheinend schon früher Probleme gemacht.

„Hast du noch mit ihm geredet?"

„Ein wenig. Er hat etwas wirr von seiner Kindheit erzählt. Manche Dinge, die ich überhaupt nicht wusste. Seine Eltern hatten ihn anscheinend an einen Wanderzirkus verkauft, weil sie kein Geld hatten. Er sollte als Clown arbeiten, aber er ist von den Leuten dort nicht gut behandelt worden. Eines Tages hat er ihnen Geld gestohlen und ist weggelaufen."

„Er hat also seine eigene Tochter verkauft, obwohl ihm selbst so etwas Schreckliches widerfahren ist?", fragte Shelley ungläubig.

„Das waren die Gesetze der Welt, aus der er stammte. Er wusste es nicht besser, aber ich glaube, jetzt am Ende hat er vielleicht doch seine Fehler bereut."

„Tut ihm das mit Timur leid? Weiß er, was er getan hat? Wollte er ihn töten oder ist es einfach passiert?"

„Vater konnte kaum mehr etwas sagen, so schwach war er. Aber ich sage dir: mit dem Namen meines Bruders auf den Lippen ist der Alte gestorben!"

Shelley streichelte eine ganze Weile Benjamins Hand und schwieg. Sie wusste nicht, was sie sagen sollte.

„Warum hast du Timurs Kleider angezogen", fragte sie irgendwann.

„Wenn ich sie trage, dann kann ich ihn spüren, ihm nahe sein, als wäre er noch da. Wie Timur unten am Boden aufschlug, habe ich den Schmerz am ganzen Körper verspürt. Es tut noch immer so weh, vor allem hier drin!" Benjamin nahm Shelleys Hand und legte sie auf sein Herz.

„Ich glaube, ich kann seine Seele fühlen", sagte Shelley.

„Dann sind er und ich jetzt eins geworden", meinte Benjamin.

„Liebst du mich noch, Shelley? Das ist doch alles zu viel für dich, oder?", fragte er plötzlich.

„Es ist schon ein Schock, dass du bei einem Mord beteiligt warst. Aber irgendwie kann ich es auch verstehen. Du warst ja erst fünfzehn Jahre alt und hattest eine brutale Kindheit."

„Du kennst mich, ich würde heute nie einer Fliege etwas zuleide tun!"

„Mir ist jetzt erst richtig klar geworden, warum du mit Tim immer so nachsichtig warst. Er hat dich erpresst."

„Er drohte mir immer, dir alles zu sagen", nickte Benjamin. „Aber es war nicht nur das. Wir waren Zwillinge und gehörten einfach zusammen. Mit Ebru natürlich."

„Timur selber aber hatte am meisten Angst entdeckt zu werden, deshalb blieb er ein U-Boot. Wie widersprüchlich," sagte Shelley.

Benjamin sah sie eindringlich an: „Du hast meine Frage noch nicht beantwortet: Liebst du mich noch? Willst du, dass wir zusammenbleiben?"

Shelley lächelte versonnen. Sie zog die dritte Rose aus dem Ausschnitt ihres Pullovers, ging ins Bad, frischte die Blume in einem Zahnputzbecher ein und stellte sie auf den Tisch. Schließlich sagte sie: „Dich, Benjamin liebe ich sehr. Den Timur in dir auch zu lieben, wird etwas schwieriger sein. Aber, auch in ihm war Gutes versteckt, wenn ich es auch nicht sehen konnte. Schließlich wärst du ohne Timur gar nicht nach Australien gekommen und wir hätten uns vielleicht nie kennen gelernt."

Shelley neigte sich dicht an Benjamins Ohr und wisperte. „Weißt du was die Märchenerzählerin Scheherzade jetzt zu ihrem Sultan sagen würde?"

Timur sah sie erwartungsvoll an, seine braunen Augen strahlten - „Was denn?"

„Geliebter, wir haben nicht alles selber in der Hand, was in unserem Leben geschieht. Doch wird alles kommen, wie es kommen muss, denn es steht im Buch des Schicksals geschrieben", sagte sie.

Dann küsste sie ihn.

~Ende~

Bisherige Veröffentlichungen von Charlotte Armao

Loli Lotophaga & andere phantastische Geschichten

 Ein Schamane, der Schadenszauber anrichtet. Eine ukrainische Hexe, die sich in einen Drachen verwandelt. Ein tyrannischer Inselgott, der die Menschen in Angst und Schrecken versetzt und die Liebe zwischen einer Hexe und einem Prinzen. Das sind nur einige Figuren der unheimlichen und fesselnden Kurzgeschichten von Charlotte Armao, die uns in eine magische und ganz und gar nicht harmlose Märchenwelt entführt.

Loli Lotophaga & andere phantastische Geschichten eBook: Armao, Charlotte: Amazon.de: Kindle-Shop

Die Geschichte von den Wassertröpfchen

Die Wassertropfenkinder sind neugierig und wollen etwas erleben. Als Regen purzeln sie auf die Erde zu den Blumenelfen, begleiten die Zwerge durch Schluchten und Höhlen und schwimmen als kleiner Bach schließlich zum Meer. Werden sie nach dieser spannenden Reise wohlbehalten wieder in ihre Wolkenheimat zurückfinden?

Autorin: Adelheid Nickl

Herausgeberin: Charlotte Armao

[Die Geschichte von den Wassertröpfchen (bod.de)](bod.de)

Löwenstark - Geschichten für Kinder

Hrsg: Martina Kast, Edition Paashaas Verlag

Löwenstark – Geschichten von Kindern für Kinder

Die zwei Erzählungen „Die Reise mit der rosa Wolke" und „Veras erster Tag im Kindergarten", sowie eine Sammlung von Geschichten jugendlicher Flüchtlinge sind Beiträge von Charlotte Armao (Nickl) in der vorliegenden Anthologie.

https://www.amazon.de/L%C3%B6wenstark-Geschichten-zugunsten-ambulanten-Jugendhospiz/dp/3961740410

Was wir aus der Heimat mitnehmen

 Erzählung in der Anthologie „Staub - Von Fluchtgeschichten und zerplatzten Träumen

In Charlotte Armaos (Nickls) Erzählung „Was wir aus der Heimat mitnehmen" wird eine junge syrische Frau, die in einer komplizierten Liebesbeziehung steckt, von den grausamen Ereignissen des Krieges überrollt.

https://www.amazon.de/Staub-Von-Fluchtgeschichten-zerplatzten-Tr%C3%A4umen-ebook/dp/B07D9LR5R3

Streaming

Kurzthriller in der Anthologie ANGST
des Verlags WIRmachenDruck.de

In dieser spannenden Erzählung von
Charlotte Armao (Nickl) geht es um zwei
Wissenschaftler, die an einem geheimen
Projekt arbeiten. Durch Käuflichkeit von
Kollegen landen sie in einem Teufelskreis der
Korruption, was sie in tödliche Gefahr bringt.

https://www.wir-machen-
druck.de/kurzgeschichtensammlungen.html